Die Hundewelpen sind müde vom Toben und kuscheln sich eng an ihre Mama. Wovon sie heute Nacht wohl träumen?

Schau mal, die winzigen Kaninchenbabys
in ihrer Höhle!

Am liebsten
drängen sie sich
dicht aneinander.

Im Laub schläft gut verborgen die **Igelfamilie.** Deckst du sie mit einer Blätterdecke zu?

Die kleinen Füchse springen noch herum und spielen. Nur der kleinste Fuchs ist ziemlich müde. Und schau mal, wer sich schon in seine Höhle verkrochen hat!

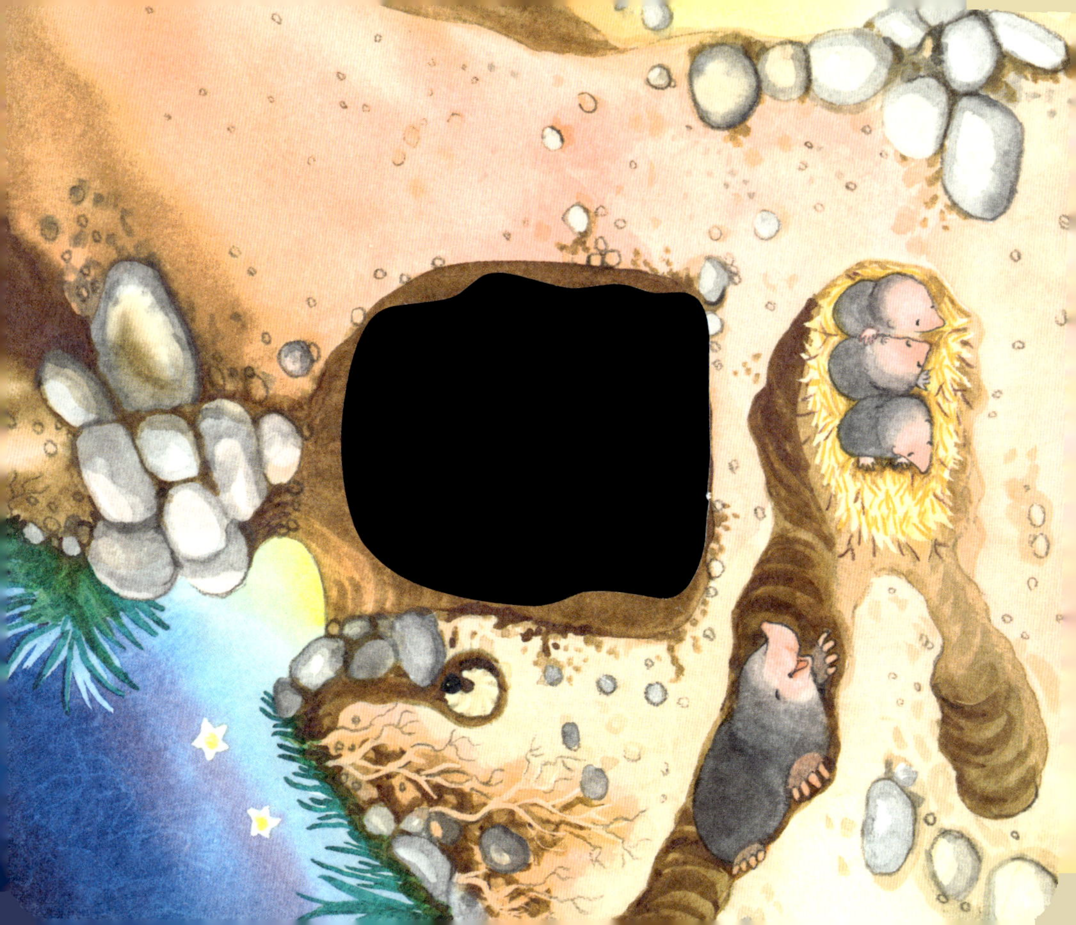

Auch für die **Bärenfamilie** ist jetzt Zeit zum Schlafen. Mama Bär wärmt ihre Kinder und brummt sie leise in den Schlaf.

Im Stall können die Tiere geschützt die Nacht verbringen. Das Lämmchen schläft schon tief und fest auf seinem weichen Strohbett.

Die Eisbärkinder schlummern in ihrer Schneehöhle. Die Eisbärin passt gut auf ihre Kleinen auf.